풍경,
그 사이사이에 꽃 핀다

풍경,

그 사이사이에 꽃 핀다

초판 발행일 **2021년 12월 30일**

지은이 **김효경**
발행인 **김미희**
펴낸곳 **몽트**

출판등록 **2022.12.20 제 2014-0000-38호**

주소 **안산시 단원구 고잔로 23-12**
전화 **031-501-2322** 팩스 **031-501-2321**
메일 **memento33@menthebooks.com**

값15,000원
ISBN 978-89-6989-070-2 00810

www.menthebooks.com

이 책은 안산시 문화예술진흥기금을 일부 수혜하였습니다.

풍경,
그 사이사이에 꽃 핀다

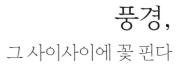

시인의 말

전생을 날았던 날개와
눈물을 훔쳤던 구름과
결코 잠들지 않을 별빛과
솔잎 향기를 기억하는 아궁이와
덴 자국 지워질 거라 믿는 나처럼
풍경, 그 사이사이 꽃 핀다

버림으로써 얻어지는 고요와
밤과 낮이 다녀간 시간과
불쏘시개가 된 詩와
약간의 연민이 배합된 침묵이
풀숲을 거닐다 간 사이에

앵글을 맞추고 앉아서
새처럼 울다 웃다 주문을 왼다

이 순간만이라도
행복하거라
환해지거라

2021년 12월 30일
고잔뜰에서 김효경

• 목차

PART II Photo 에세이

작품해설

PART I
꽃들의 위로

이미 충분히 쓸쓸했으므로
숲으로 돌아가도 괜찮겠다

내 생에 가장 눈부셨던 순간,
그대와 나눠 마셨던 독주 한 잔

상처를 지우기엔 얼마만큼의 햇살이 필요할까요

저 눈물겨운 몸짓
깊어지는 붉은 그림자

빗물이 울음을 멈추면
돋아나는 그대 숨결
그대를 병렬했던 시간이
우물이 된다

Photo by Kim Hyo-Kyung

그대 걸어간 뒷모습
그림자로 남아

그럼에도 불구하고
꽃 피고 지네

그대 향해 꽃 피우는 시간이거늘
그대 오늘도 안녕하신가요

슬픔을 차마 감당할 수 없어
자꾸 서쪽으로 기울어가는 노을 한 폭
가만히 안아본다

동백꽃 현기증 나게 떨어지고
상현달 처연히 사라진 뒤
들리는 동박새 울음

한때 빛났던 흔적들

길을 걷다 문득
커피 잔에 새겨진 얼룩
버스 정류장에 비친 햇살
차창 밖에 날리는 먼지
연꽃 위에 내려 앉은 이슬
밥 짓는 솥뚜껑에 멈춘 시간

이미 늦은 말들,
차라리 그리워했다고 말할 걸 그랬다

너의 애매한 변명과 운명 따위를 믿지 않기로 해
기도의 시간을 멈췄다

통증을 견딜 수 없어
너라는 허물을 몇 점 남겨 두기로 했다

위태로운 하루가 흐르고
그 위 잠깐 햇빛

흩어진 나뭇잎 사이로
굴러가는 허무 한 점

허공을 나는 새들의 날갯짓을
훔치고 싶어져요

어둠,
그 너머를 사랑해요
장미수를 추출했던
우리의 봄밤

인연,
여기까지가 그대와 걸어야 할 시간이었으므로
이제 어긋나도 괜찮겠다 싶어
'왜'라는 질문도 자책도 슬픔도
모두 눈물방울 속으로
흘려보냈다

가끔 풀잎에 기대어
소원을 빌기도 했다

문득,
전생에 '나는 무엇이었을까' 생각하다가
잠깐 다녀간 햇살이 따뜻하기도 해서
그렁그렁 눈시울 붉어지고 있는 사이
나비 앉았다 날아간 뒤뜰 풍경은
명치끝에 머문 출처 불분명의 통증을
가라앉히는 위안의 언어

우악스런 호미질에도 아랑곳없이
눈만 뜨면 영역을 늘려가는
개망초 꽃 무리

이름처럼 풍년들어
꽃 피워 나가길

막 어둠을 뚫고 올라온 햇살이
밥이 되는 순간,경계, 경계의 간극에서
당신의 하루를 응원해요

당신을 위해 기도하고 있어요

당신과 함께 걸었던 시절이
삼십 여년하고도 삼년이 흘렀네요
가장 아름다운 순간은 너무 짧아요

PART Ⅱ
Photo 에세이

현충사에 내린 봄 햇살

봄 햇살이 이순신 장군의 영정을 모신 현충사 사당
기와지붕 위로 가만히 내려앉았습니다

겨우내 냉기를 품었던 목련꽃 봉우리도
가만가만 품을 열고
부서졌던 지난날의 이야기를 아슴아슴 읽습니다

"나의 죽음을 적에게 알리지 마라"

하늘과 땅 사이에 모든 꽃잎들 흩어져도
당신과 내가 딛고 선 땅엔 올해도 여지없이
목련꽃 피었습니다

봄날의 왈츠

나뭇가지에 앉아 쉬던 새들이
꽃잎을 물고 노래하니
온 산과 들이
너울너울 봄이다

봄날의 기도

당신이 주신 겸손한 언어로
유서를 쓰듯 절박하게 엎드려
기도 드립니다

서걱거리며 방금 수술실로 들어간
당신을 흠모하는 여린 딸

당신이 펼쳐 놓은 이 봄날을
복사꽃처럼 환하게 노래하며
살게 해 주소서

보랏빛 꿈

대부도 해솔길
해풍 맞으며 하늘의 품 의지해
피고 지던 들꽃 한 무더기

명예도,
뽐냄도,
시기질투도,
갑론을박 같은 건 더더욱 할 줄 모르죠

눈과 맘이 어두운 사람들은 간혹
포용을 품고 사는 나를 보며
"바보"라고 들 하지요

동 행

지평선과 수평선이 맞닿아 있는
그곳에

세상에서 가장 슬픈 사람의 울음을
대신 울어주는

나무 한 그루 서 있다

일상의 소중한 행복

코로나19가 온 세상을 강타한
거리두기 봄날에

사람들은 집에 갇혀
꼼짝을 못하는데

아홉 마리 새끼를 거느리고
거위 대가족
마스크도 안 쓰고
뒤뚱뒤뚱 봄날을 걸어간다

봄볕과 어머니

감자꽃 옹알이하는 밭두렁
햇순 어루만지던 어머니 목소리

아가,
봄이 왔는디,
잘 살고 있다냐

못난 자식 대신
어머니 곁을 지켜주는
봄 햇살 눈망울
시리게 고맙다

오월의 숲

상처로 남은 언어들을 어찌 할 수 없어
먼데 하늘을 바라봅니다

밤새 이슬을 흠뻑 묻히고 와
내 앞에 선 당신을 바라봅니다

산벚꽃 바람에 흩날리며
향그러워지듯

뽀족해졌던 내 마음도 둥글어지고
비수로 꽂혔던 정釘들을 뽑아내며
싱그러워지고 있습니다

오월을 품은 당신 앞에선
내 귀도 순해집니다

장미의 언어

빌딩과 숲들이
노독路毒을 품고 힘겹게
유월을 건너는 길목

마을 어귀마다
농한 몸짓으로 피워 올린
그대의 진언眞言

싱그러워라
축복이어라
눈부심이라
감사함이라

소래포구

밀물과 썰물로 들고나 칠면초, 나문재, 퉁퉁마디, 붉은발농게, 방게
품어 주던 소래포구

먹이사슬 다 끊어진 갯구멍 곁에서
붉은발도요새 울며 고요를 깨고

살았던 것들의 흔적만 남은 갯벌에
풍차가 파도소리 흉내를 내며
바람을 타고

적막을 품은 갈매기의 날갯짓과
걸어온 길을 포갠 뻘기의 발등이
안개에 싸여 무릉도원에 들었네

동백꽃 사랑

목이 꺾인 체
목 놓아 울던 그녀를 향해
백지 위에
손가락 베어 물고
혈서로 마음 적어 본 적 있다
동박새 울음소리가
빗방울인지 눈물방울인지
콧잔등을 타고 내리던 그날
붉은 심장 하나 주워들고
해 저물도록
눈보라 맞았다

성장통

이른 새벽 햇살이
써레질이 끝난 논으로 가만히 내려와
하루를 열고 있다

일상이 똑같아 보여도
비가 왔다가 해가 뜨고
안개가 꼈다가 걷히듯
喜悲의 연속이다

궂은 날,
갠 날,
그 굴곡 안에서

롤러코스터를 타 듯
행복을 일궈가는 것은 오롯이
자신의 맘 한 자락이라는 걸

세상을 등지고 싶다는 젊은 그대여

온밤 산맥을 넘고 어둠을 헤치고 와
황금물결로 세상을 여는 햇살에
맘을 기대보시게나

행복하게 사는 법

스스로 목숨을 내려놓은
상가집 弔燈이
상두꾼의 애절한 곡소리 따라
행복하게 사는 방법이 새겨진
만장의 깃발을 펄럭이며
길을 나섭니다

하루를 쓰다듬다 사위어가는 노을이
하루 딱, 오늘만 살 것처럼 살라며
저무는 강줄기에 일엽편주一葉片舟
詩 한 수 띄웁니다

붉은발도요

여름 끝자락, 툰드라 어느 지대를
살다 돌아왔나
붉은 함초 사이를 거닐며
삐리삐리 목 놓아 울고 있다

수면 아래로 스며든 울음은
엇갈린 수레바퀴 톱니처럼
자꾸 눈에 잡히지 않는
풍차 뒤의 풍경처럼 아득해

나는
그 남자가 건너갔던 시절을

갯내음으로 지우고
붉고 긴 다리만
카메라 앵글에 담아 왔다

노을

억만 개의 슬픔을
저녁노을로 펼쳐놓은
그대의 눈빛은
불길의 강을 건너고 있었다

나비와 백일홍

한 번 만난 우연偶然으로
두 번 만난 인연因緣으로
깊어지는 당신과 나

하늘 빈터

뭉게구름
낭떠러지 같은 외길을 부려 놓고
코발트 하늘을 떠다니고 있다

털이 빠진 채
흔들리던 허공 한 쪽 길 끝에
삶의 끝을 메달아 놓고
절체절명의 생존법을
몸으로 익히고 있는 새들이
수행자처럼 우두커니 한자리에
해 저물도록 앉아 있다

마음의 밭 1

노을이 몸을 누이는
서해바다 한 귀퉁이에
출렁거리는 수심愁心 묻으려고
땅 한 쪽을 얻었다

마음의 밭 2

눅눅한 습기가 이무기처럼
올라오는 날이면 태풍에 떨어진
풋과일의 꿈을 품고 달려가
짱짱 피어오른 뭉게구름과
흙을 발에 얹어 놓고
낙과한 과실의 꿈 이야기와
나비의 우화 과정을
커피 한잔을 사이에 두고
만지작거리며 놀았다

마음의 밭 3

넉살 좋게도 허연 발을
흙 속으로 집어넣던 잡초들이
대화에 끼어들더니
금세 햇빛과 바람을 끌어안고 선
제 터를 환하게 일군다

마음의 밭4

오늘은 마음 밭 일구는 일
잠시 접어 두고 잡초에게
한 수 배워야겠다

위로

물에 발을 담근 연잎 두 송이
수심의 깊이는 묻지 말라 이르며
눈부신 위로를 건넨다

저녁 놀

석양을 품으면 왜
슬픔이 이는지는
궁금하지 않아요

갯내음과
세 마리 갈매기

그대와 함께
수평선에서
하늘 거렸던 순간이면
충분해요

안개 속 혼잣말

출사 길에 따라나선
안개의 여백을 읽으며
그대와 나 사이
부재가 자리한

늘 축축 했던 우물을 지나
삐걱 거렸던 말들을
안개 속에 부려 놓고

길 잘 찾아가시라
지독히 웅얼거리고 싶은
입속의 말들

안개만 짙어져 발자국
소리마저 지운다

갈대

까치발을 들고 갈대가 들녘 가득
바람을 이겨내고 있다

상처 난 날개는 더 오래 흔들린다

해 저물녘

새들이 날아간 서녘하늘
노을이 저 홀로 붉다

가을 안부

가을의 끄트머리 산길에서
떨어진 낙엽 한 잎 주워든다

콧등이 시큰하고
손끝이 파르르 떨린다

또 한 계절이
잘 살아 냈다고
버둥거리는 나뭇잎 사이로
건너가고 있다

문득 풍경을 마주하다

시인, 전 시인시각 발행인/한상열

문득 '전생에 나는 무엇이었을까'라는 화두로 詩의 길을 나선 김효경 시인의 시선을 따라가 본다. 그 풍경 안에는 잠깐 다녀간 햇살이 노닐기도 하고, 빗방울이 톡톡 뛰어 오르기도 하고, 그렁그렁 눈시울 붉어지는 꽃들을 만나는 사이 나비도 앉았다 가고, 그 풍경 속엔 명치끝에 머문 정체 불분명의 통증을 가라앉히는 언어가 스며들기도 한다.

시인 김효경은 지평선 끝자락에 서 있는 나무 한그루를 응시한다. 어떤 날은 가랑이가 휘어지게 서 있는 나무가 있고, 어떤 날에는 눈만 뜨면 영역을 늘려가는 개망초꽃이 있고, 어떤 날에는 기도하고, 어떤 날에는 적막을 품은 동박새 울음도 있다. 시인은 말한다. "당신을 위해 기도하고 있어요" 그곳에서 경계를 보며 그곳에서 하루를 응원한다. 시인의 음성은 고즈넉하다.

이름 모를 풀 한 폭도 함부로 폄하하지 않는 시인은 침묵을 계량한다. '당신과 함께 했던 순간이 강물처럼 흘러 존재하는 것들은 너무 짧다고' 흘러가는 모든 존재는 이름이 호명되어지길 바라고 누군가에게 기억되기를 바란다. 시인은 언어의 대상들을 허공을 나는 새들의 날갯짓에서도 대면하고, 허공 속에서도 소멸 되는 삶의 이면을 통찰한다.

시인은 노을 속에서 억만 개의 슬픔을 저녁노을로 펼쳐 놓고 '그대의 눈빛은 불길을 건너고 있다'고 한다. 우리 삶은 누구나 화장터 화로 속에 자기 몸을 태우고 있는 중이다. 노을 속에 전신 주 하나, 나무 몇 그루, 하루하루가 감사함으로 점철 된 세계가 시인이 응시하고 있는 시의 세계다.「하늘의 빈터」라는 시에서는 절체절명의 생존법을 몸으로 익히고 있는 새들이 수행자처럼 우두커니 한 자리에 해 저물도록 앉아 있었다고 말하고 있다. 이 네 구절 경구만 가지고도 나는 2박 3일 평을 할 수 있겠다.

온몸으로 생존법을 익히는 새들, 논리가 아닌 몸, 몸의 시학, 김효경 시인은 하늘의 빈터를 응시하며 마음자락에서 흙을 만지작거리고, 바람을 만지작거리고, 상처 난 날개를 만지작거리며 논다. 거기에는 꿈을 품고 달려가는 뭉게구름 한 점도 있고 흙을 바짓가랑이에 묻힌 채 흐르는 커피향의 휴식도 있다.

「마음의 밭3」 에서는 넉살 좋게 대화에 끼어들며 금세 햇빛과 구름과 바람을 불러들여 제 터를 환하게 일구는 잡초를 만난다. 「마음밭 4」 에서는 '잠시 접어 두고 잡초에게 한 수 배워야겠다' 지상에 존재하는 모든 생명들에게서 배우고자 하는 시인의 삶이 있고, 그 풍경 사이사이에 햇빛과 바람과 꽃과 나무와 김효경 시인이 있다.

시인은 안개 속에서 혼잣말을 한다. 늘 축축했던 우물을 지나 삐걱거렸던 말들을 안개 속에 부려 놓고 '길 잘 찾아 가시라'고 말한다. 삶은 흐릿한 안개 속의 여정이다. 발자국 소리만 저문 안개 속에도 시인은 길을 걷고 있다.

언젠가 시인이 내게 보내준 「타클라마칸에서 온 메시지」詩에서 사막의 먼지와 고독한 여정을 노래한 적이 있다 10여 년 전이었을까? 시집 속에는 '자분자분'이란 부사어 하나로 어머니의 고단한 삶과 여정을 흐르는 물속에 헹궈내며 흔적 없이 소멸하는 존재들의 이면을 노래하고 있었고, 돌아오는 길을 잊지 말라고 당부한 시를 보내온 적도 있다.

시인의 시 세계는 언제나 따뜻한 시선이 흐르고 혼자서 바람 속을 걷던 노을의 긴 그림자도 흐르고 불모지에서 꽃무늬를 새긴 삶이 존재하고 세상의 여린 것들이 점철돼 시가 되고 밥이 되고 있다. 이게 김효경 시인의 시다. 김효경 시인은 끝임 없이 웅얼거리며 희망을 노래하며 짙은 안개 속에서도 지친 발자국 소리마저도 끌어안는다.

공자는 知好樂이라 했다. 알지知. 좋아할호好. 즐길락樂. 김효경의 시는 좋아하는 단계에서 즐기는 단계에 이르고 있다. 부디, 김효경의 시가 안개 속에서 더듬더듬 길을 찾아가며 동백나무에 앉은 한 마리 새처럼 힘차게 날개를 퍼득이며 비상하기를 빌어본다.

인천에서 한상열 시인
2021.12.5